궁금한 길

푸른사상 동시선 **7**

궁금한 길

인쇄 2013년 4월 5일 | 발행 2013년 4월 10일

지은이 · 성환희
펴낸이 · 한봉숙
펴낸곳 · 푸른사상사
주간 · 맹문재 | 편집 · 지순이 | 교정 · 김재호

등록   제2-2876호
주소   서울시 중구 충무로 29(초동) 아시아미디어타워 502호
대표전화   02) 2268-8706~7 | 팩시밀리 02) 2268-8708
이메일   prun21c@hanmail.net
홈페이지   www.prun21c.com

ⓒ 성환희, 2013

ISBN 978-89-5640-992-4 04810
ISBN 978-89-5640-859-0 04810 (세트)

값 9,700원

푸른사상
동시선

7

궁금한 길

성환희 동시집

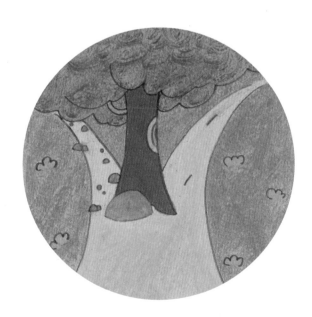

푸른사상
PRUNSASANG

시인의 말

나의 시는,
사물과 사람의 이야기를 받아쓰기 하는 일

맛있는 글을 읽으면 눈물이 나고 행복하고 기뻤습니다.
글을 읽으며 사람을 만나고 사물을 만나는 일이 큰 즐거움이고 행복이었습니다.

어릴 때부터 글 쓰는 사람이 되겠다 꿈꾸었습니다.
일기가 제 글쓰기의 시작이었습니다. 기쁜 이야기를 썼고, 슬픈 이야기를 썼고, 절망에 대하여 썼고, 희망에 대하여 썼습니다.
글이 뭔지도 모르면서 어떻게 써야 좋은 글이 되는지도 모르면서 글을 썼습니다.
글쓰기는 제 부족함을 위로해주었고 제 꿈을 격려해주었습니다.

저는 둔하고 더디고 느린 사람입니다. 두 아이의 엄마가 된 후에 시인이 되었지만 여전히 시가 궁금합니다.

사람을 만나고 사물을 만나 그들의 말을 받아쓰기 하는 것이 제가 생각하는 글쓰기입니다.

그들의 말을 잘 받아쓰는 일이 시인으로서 제가 가고자 하는 길입니다.

시인으로 살아온 지 10년이 지났습니다. 조심스럽게 그러나 설레는 마음으로 첫 동시집을 세상에 내놓습니다. 그동안 제가 만난 사람과 사물에 대한 이야기들입니다. 모든 환호와 채찍과 격려를 감사히 받겠습니다.

이 동시집을 읽으며 소중한 인연을 만나게 되기를 바라며 부디 행복했으면 좋겠습니다. 맛있다 맛있다 감동하시면 좋겠습니다. 마음이 사랑스러운 사람으로 살고 싶습니다. 맛있는 동시, 그래서 자꾸 읽고 싶은 동시를 쓰는 것이 새로운 저의 꿈입니다. 환희야, 힘내!

오랜 시간 저에게 격려와 채찍이 되어 주신 한국동시문학회, 울산작가회의, 울산아동문학회 회원님들께 조금이나마 마음의 빛을 갚게 되어 참 다행입니다. 엄마의 첫 동시집에 그림을 그려 준 우리 딸 이아람에게 고마운 마음 전하며 아름다운 동시교실과 기쁨을 나누고 싶습니다. 좀 더 깊이 귀 기울이는 사람, 좀 더 자세히 들여다보는 사람이 되겠습니다.

맹문재 교수님, 박방희 선생님과 푸른사상사에 진심으로 감사합니다. 채찍과 격려로 알고 더욱 좋은 작품 활동으로 보답하겠습니다.

2013년 햇살 가득한 사월에
달팽이 성환희

| 차 례 |

제1부

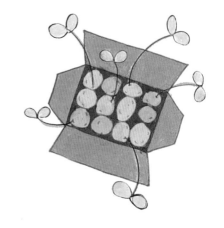

제2부

| 차 례 |

제3부

제4부

마음 놓고 숨 좀 쉬고 싶다

제1부

담배 연기

농협 입구 화단 앞
오늘도 어김없이
뱀들이 출몰했다

쉬익 쉭
혀를 낼름거린다

내 코를 노리고 있다

나는, 손가락으로 코를 꽉 쥐고 뛴다

사거리 횡단보도 앞에도
길 건너 골목길에도
뱀들이 우글거린다

거리에
금연 표지판 가로수를 심으면 좋겠다

마음 놓고 숨 좀 쉬고 싶다

병

초대한 일 없는데

고혈압, 당뇨, 파킨슨이
어느 날 할머니를 찾아왔다
약 봉지도 따라왔다

우리 할머니,
손님과 한식구로 산다

"에고, 에고." 하면서
함께 산책도 다니고
텃밭에 나가 쉬엄쉬엄 일도 한다

걱정

애, 사진을 찍을 때는
숨쉬기를 잠시 멈춰야 해

왜요?

그래야 사진이 살거던!

그러다가
진짜로 숨이 꼴깍 넘어가면
어떡해요?

봄방학

책상과 의자가
기도 중이다

공부 잘하는 아이를 만나게 해주세요

힘센 친구가 앉았으면 좋겠어요

이쁜 여자아이가 찾아오게 해주세요

재미있는 아이가 최고예요

가족 회의

새해엔 우리도 좀 달라지자고
두레밥상을 펴놓고 앉았습니다

아빠는 담배를 끊고
엄마는 수다를 끊고
나는 게임을 끊기로 했습니다

끊을 일 말고
생각나는 게 없는 회의 시간
새로운 고민이 불쑥 고개를 내밀었습니다

'시간 참 느릿느릿 가겠다
늘어난 시간에 뭘하지?'

우두커니 거실 벽에 서 있던 책장이 끼어들었습니다
책도 읽고……
옷장의 등산복도 한마디 했습니다

산에도 가고……

'오! 글쿤.'
가족 모두 고개를 끄덕였습니다

꽃

공원에 온 아기
꽃구경 다닙니다

튤립이
팬지가
아기를 부릅니다

데똥데똥 데똥데똥
아기 발걸음 참 바쁩니다

나는 데똥,
아기 따라다닙니다

아기는 데똥데똥 데똥데똥
걷고 있는 꽃입니다

외삼촌

대한민국
으뜸 사나이라고
외숙모가 자랑하는 외삼촌

시골 오시면
집 근처 꽃나무 캐서
회사에 심겠다며 갖고 갑니다

칡뿌리
탱자
더덕
......
술 담가두었다가
회사 야유회에 가져갑니다

좋은 건 모두 회사에 갖다 주고
월급 타서는 외숙모 갖다 주고

개미처럼 까만 외삼촌 얼굴
허허허, 너털웃음 가득합니다

고모

마을은 엉망이 됐다

고모는
쓸고
닦고
말렸다

"태풍 피해 있는 세대는
 면에 신청하시기 바랍니다."

방송이 있은 후
면직원이 사진기 들고 나타났다
태풍 흔적 한 컷도 찍지 못하고 돌아갔다

고모 집 다녀오신 엄마, 혀를 끌끌 찼다
"너무 부지런 떨어도 복이 나가는겨!"

피해 보상금 하나 못 받는
깔끔쟁이 고모는
허리, 다리 성한 데 하나 없다

첫눈

놀러 올래?

폴
펄펄
팔랑팔랑
뱅그르르르

우리 동네 지금
오케스트라 연주 한창이다

초대장 없어도 괜찮아
열린 마음이면 충분해

이사 떡

우리 집 이사하던 날

모락모락 김나는
팥 시루떡 한 접시

똑똑, 문 밖이 설레고

찰칵, 문 안이 설렌다

끄덕끄덕

"……죽겠다."

대만에서 온 지호 엄마
눈 똥그랗게 떴다

아주 많이 좋다는 뜻이예요

그러니까
웃으며 고개를 끄덕인다

지호 엄마
끄덕끄덕 많이 할수록
한국 사람 다 되어 가는 것 같아
내 고개도 덩달아 끄덕끄덕

봄날

우리 동네
호수공원 둘레길

노란노란 개나리
나란나란 앉아
꽃 낚싯대 던집니다

아기랑 엄마가
낚시대회 구경 나옵니다

개나리꽃 낚싯대에
햇살이 낚이고
눈빛이 낚입니다

열대야 1

태양이 놀다간 지구
너무 뜨거워

밤은 밤이 새도록
뒹굴 뒹굴 뒹굴 뒹굴

열대야 2

"즐겁게 움직이다가
 그대로 멈춰라."

누군가가 태양에게
이런 주문을 했는지도 모릅니다

사진 찍기

"할머니, 사진 찍어요."

"다 늙어가 모양새도 이렇고……
 니나 마이 찍어라."

"에이, 어때요. 예쁘기만 한 걸요."

도망가시는 할머니를
따라가서 안았다

"아이구, 와이카노?"

배추밭 고랑에 앉으신 할머니
디카 속에서 훨훨 날아오를 것 같다

일등이 누군지 하느님은 아실까?

제2부

시합

번개가
시작종을 치면

빗방울들의
달리기 시합 시작이다

두
두
두
두
두
두
두
두

소리는 요란한데
발자국이 보이지 않는다

일등이 누군지
하느님은 아실까?

눈 온 새벽

밤새도록 누가
불을 켜두었나?

드르륵
창문을 열어보았다. 아!

단잠을 훔쳐 달아난 도둑
눈, 눈이 다녀가셨다

어떤 연주회

비 내리는
학교 운동장

철봉에 매달린
빗방울들
플룻을 분다

지렁이 몇 마리 구경 나왔다

비둘기 놀이터

오늘도
비둘기가 보이지 않는다

"얘, 이래 푹푹 찌는데
 고마 집에 있으면 안 되겠나?"

"얘, 비가 이래 많이 오는데
 어데 갈라카노?"

비둘기 엄마도 우리 엄마처럼
분명 이렇게 말했을 거야

은율이

일곱 살 은율이가 말했어요

"우리 백합반 선생님이
치마를 입고 오셨는데
나풀나풀 나풀거리지 뭐예요?
뭐가 숨어 있나 보려고
치마 속으로 쏙 들어갔더니,
우리 선생님이
어머 머 머 머 머! 이러면서
폴짝 폴짝 폴짝 뛰지 뭐예요?
저는 깜짝 놀라서
아무것도 보질 못했어요.
저는요 아직도 선생님의 치마 속이
정말 정말 궁금해요."

안과 밖

모기장 안에 있는 나를
모기장 밖에서
한참이나 들여다보던 모기가
힝, 날아간다

나는 갇혔고
모기는 자유다

감자

택배로 도착한 감자 한 박스
베란다에 철퍼덕 주저앉아 오래되었다

비 오는데
감자 넣고 수제비나 끓여 먹자며
엄마가 박스를 연다

"만세! 만세!"
푸른 손 일제히 들고
환호하는 감자들

책들이 나에게

먼지 쌓인
책장 앞에 서면
책들이 나에게 하는 말

또
게임방 갔었다고?
오늘도
컴하고만 놀았다고?

내가 너의
첫 번째 친구 되려면
어떡해야 되니?

우산

비 오는 날은
내가 가장 좋아하는 날

캄캄하고 냄새나는 창고를 벗어나
나답게 변신하는 날

으쓱으쓱 날개를 펴는 날

비야, 비야,
소원을 말해봐
내 다 들어줄게

미끄럼틀이 될까?
지붕이 될까?

눈의 목소리

* * *
  * * *
* * *
  * * *

귀를 쫑긋 세워야만
들을 수 있는
눈의 목소리

낮고
가볍지만

강아지도 달려가고
민이와 아빠도 달려가고
카메라도 달려간다

고드름과 진눈깨비

송계산장 처마 끝에
고드름 친구들

찬바람 맞고 단단해졌다고
힘자랑이다

"자아, 덤벼라
 덤벼!"

팔뚝 팍팍 뻗는다

"봄이 잠 깨면 어쩌려고
 큰소리냐?"

진눈깨비 찾아와
잔소리 쏟아 붓는다

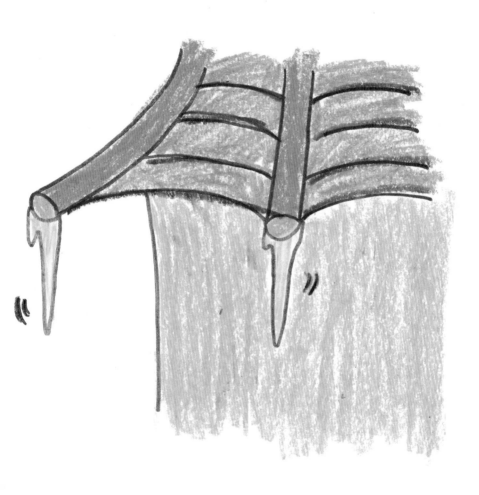

개미랑 운동하기

어울림공원에서 만난 개미
걷기운동한다

뚱뚱한 우리 엄마
앉아 쉬는 의자 위에 올라와서도
빨빨거리고 다닌다

"그만 일어나세요."

"운동 안 하실 거예요?"

개미 등쌀에
우리 엄마, 오래 쉬지도 못한다

선물

엄마의 고향 앞집 할머니
뒤란에서
무 한 포대 끌고 오셨지요

"내 줄 것이 이밖에 없어
 미안하데이."

"와아! 할매, 고맙습니데이."

"오데! 찾아주어 내가 더 고맙제.
 너거 식구가 오늘 내한테는 큰 선물인기라."

할머니와 우리 엄마
잡은 손 놓지 못합니다

용기를 내봐

현호랑 구엽이랑
"저요! 저요!"
오늘은 미정이도
"저요! 저요!"

아,
나도 맞출 수 있는
저 쉬운 문제

'용기를 내봐!'
내가 내 마음에게
속삭이면

쿵 쾅 쿵 쾅

두 눈 꼭 감고
오른손
가슴을 누르고

"저요! 저요!"

쉬엄쉬엄 가세요 어머니

제3부

소풍

천천히 가라
넘어진다

아빠가 말합니다
등 뒤에서

애야, 조심해라

할머니가 말합니다
아빠한테

쉬엄쉬엄 가세요
어머니

엄마가 말합니다
할머니께

할매집

소망요양병원 제2병동
할머니 만나러 간다

"봐라, 이만하면 방도 참 넓제?
 폭신한 침대며
 동무도 안 많나!"

90평생 처음으로
좋은 집 생겼다고
우리 할머니 자랑하신다

"좋겠네, 할매.
 우리도 고마 여 살까?"

아픈 사람들 모여 사는
숲속 동네 소망리
우리 할매집

탄다

며칠째 전화 안 받는
시골 계신 할매 때문에
아빠 마음 탄다

늦은 밤
아빠 기다리는
엄마 마음이 탄다

풀리지 않는
수학 시험지 앞에 앉은
내 마음도 탄다

모기 자명종

일어나! 일어나!

귓가에서 속삭이다 안 되면
이마, 콧등, 손등을
콕, 콕, 콕 찌른다

한 방에 일어나는 게 좋을 걸!

이 녀석 우리 집에 사는 동안
깊은 잠 못 잔다

바람 부는 날

바람이
휙휙
낚싯대를 던지고 있다

엄마의 치맛자락이 낚였다
(어마나!)

언니의 긴 머리카락이 낚였다
(아이, 몰라.)

비닐봉지가 낚였다
(펄럭펄럭)

아이들이 달아난 골목길
전봇대가 잉잉 운다

똥

자꾸
눈살 찌푸리지 마

얼마 전까지
난
밥이였어
김치였어
된장이었어

만우절

에이, 또 그냥 보냈네
거짓말 한 번 못해보고

수박 먹은 날

수박 먹은 날
모두가 잠을 설칩니다

언니랑 내가
아빠랑 엄마가
한밤중 눈을 비비며
차례차례 깨어납니다

이불이 몸을 일으킵니다

화장실 전등도 빨간 눈을 뜹니다

변기통 물은 화가 났는지
폭포 소리 내지르며 떠나갑니다

달콤한 수박 한 덩이
밤새도록 우리 가족 애먹입니다

1박 2일

우리 집 오신 할머니
언제나 1박 2일

"내 새끼 얼굴 봤으면 된기라."

닭 모이 주러 가신다
강아지 밥 주러 가신다
감자 심으러 가신다

핑계도 가지가지

여기선 집 걱정
거기선 자식 걱정
뭉게뭉게, 걱정 보따리
묶었다 풀었다 바쁜 할머니

주원이 아빠 좋겠다

"우리, 어디 갈까?"
"아빠!"

"주원이 집엔 누가 살아?"
"아빠!"

세 살 주원이 마음속에는
아빠만 산다

궁금한 길

산길 걷다가 만났다
두 갈래 길

어디로 가야 할까
어디로 가야 바른 길일까

머뭇머뭇 멈춰 서는데

"반질반질 닳은 길로 가야 돼."
사람들이 많이 딛고 간 길
알려 주시는 아빠 말씀

맞네 맞네 손뼉 치면서도

궁금해지는 길
닳지 않은 길

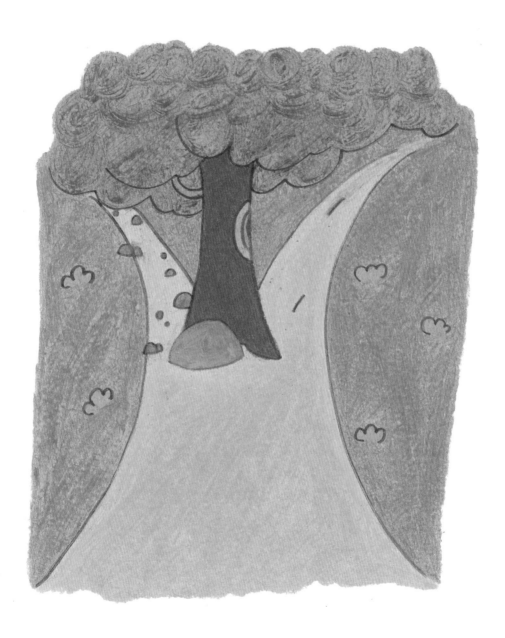

봄

추운 겨울
잘 견디었다고
상을 받았어요

초록빛 새싹상
연분홍 매화상
노란 노란 개나리상
……

골짜기 마을마다
상복이 터졌어요

시간들

할까? 말까?

망설이는 동안
뽕 뽕
달아났다

어디로 갔나?
찾을 수 있을까?

말

내 몸 속에 '말'이 산다

하 하!

몸 밖으로 나온 말은

말달리기 시합에서 1등한 거다

"반갑다, 하하."

나는 도둑고양이처럼 걸었어

늦은 밤
우리 동네 놀이터

단풍나무 한 그루가
가로등처럼 서 있었지

긴 나무 의자에
고양이 두 마리
마주보는 눈빛이 반짝이고 있었어

'무슨 이야기하는 걸까?'

엿듣고 싶었지만
(어쩐지 부끄러워)
나는 숨소리도 내지 않고
도둑고양이처럼 걸었어

애, 얘, 어쩌니?

제4부

지진

땅 속 세상에
곰 한 마리
잠들어 있을 거야

쓰레기 악취가
콧속으로 흘러가면
쿵 쿵
깨어날지도 몰라

입 쩍 벌려
우리를 삼킬지 몰라

얘, 얘, 어쩌니?

외할아버지

물 한 바가지로
손 씻고

그 물에
얼굴 씻고
머리 감고
발 씻는다

물값보다 비누값 더 든다는
외할머니 말씀 쇠귀에 경 읽기다

꽃봉오리에게

너, 입 언제 열거니?

지금 모습 참 예쁘다
그래도 궁금해

네 말에선
어떤 향기가 날지

휴식이 필요해

냉장고
정수기
……
어젯밤 켜둔
내 방 스탠드

눈이 빨갛다

밤새워 시험 공부하다
병난
내 눈처럼

산골 버스

비포장 도로를
지나간다

나무 뿌리랑
돌멩이가
놀자고 붙잡는다

덜컹덜컹 덜컹덜컹

버스 안
춤판이 벌어진다

버스를 탄 김치

봄동 김치
2300번 버스 타고
이모집 간다

달동에서
옥동, 무거동, 웅촌…… 지나며
벚꽃, 개나리, 진달래도 버스를 탄다

김치가 툭, 툭, 말 건넨다
"난, 김치야! 난, 김치야!"

아무도 묻지 않는데
저 혼자 야단이다

새싹

땅 속 마술사가 보내는

연둣빛 아이들

보도블록 틈

뾰족! 뾰족! 뾰족! 걷고 있다

큰집

53평 명동아파트
주인이 누굴까?

큰아버지 큰엄마
새벽에 일 나가서
밤중에 집에 온다

냉장고
텔레비전
발코니의 화분들
......
매일 매일 집 지킨다

꽃샘추위

헤어짐이 아쉬워
가다가 되돌아온 겨울

한바탕 손 흔들고 있다

봄이 온 줄 알고
밖에 나온
꽃눈이 눈망울 새파랗다

두 마음

[찾습니다
2,000원 잃어버린 사람
1111호에 보관 중입니다]

1층 현관에 광고를 붙이는데

"겨우 2000원 가지고
뭘 그래?"

101호 사는 형의
까칠한 말이 날아왔다

'붙일까? 말까?'

두 마음이
나를 마구 흔들어댔다

햇빛맞이

하늘이
며칠째 장맛비 줄줄 낳더니
오늘은 반짝반짝 햇빛 낳았다

"창문 열어라
 방문 열어라
 장롱문 열어라"

엄마가 콩, 콩 뛰어다닌다
햇빛이 퐁, 퐁 뛰어다닌다

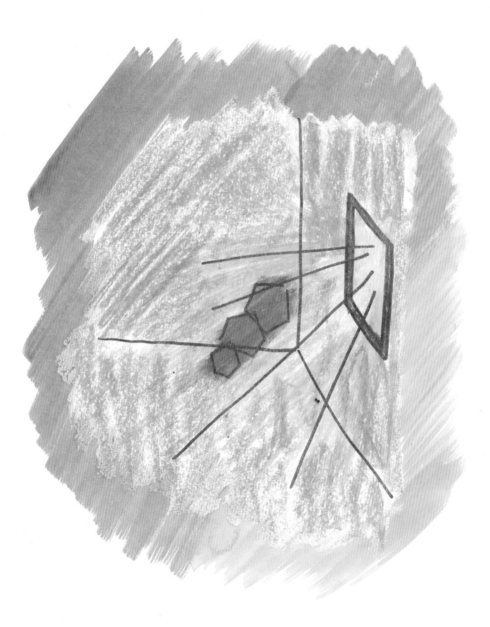

동상과 아기

봄맞이 대축제
바겐 세일 하는 날

할머니 따라
백화점 나온 아기가

광장 앞
엄마 동상 손 꼭 잡았다

아무리 잡아끌어도
꼼짝하지 않는 엄마

독후 활동

내 동생 책 읽을 때마다
주인공 놀이 한다

청개구리도 되고
피노키오도 된다

엄마 설거지 하는 동안
종이를 돌돌 말아
긴 코를 만든 내 동생

깜짝 놀란
엄마 손 닿자마자
피노키오 코 뽕뽕 달아났다

개구쟁이 내 동생
피노키오가 되었다가 준이로 돌아왔다

칠판 우체통

2002년 햇살 좋은 날
작은 미자 왔다 감
친구야! 보고 싶다

2003년 바람 부는 날
경숙이 왔다 간다
필남아, 귀자야,
잘사나? 궁금하다

......

2010년 오늘 비 오네
환희도 왔다 간다
전화해라 : 010-3150-1004

폐교된 엄마의 초등학교
칠판 우체통
편지 가득 담고 있다